诗意围绕着100座村庄

●常熟市作家协会 选编

长江出版传媒 | 长江文艺出版社

序 言

乡土诗歌抒写：传统、时代变奏与前景

·霍俊明

在城市化的时代背景下，在现代性时间和速度化空间成为主流社会话语的今天，我们的乡土社会及其结构已经发生了巨大的甚至超乎想象的变化。与此相应，乡土的诗歌抒写也正在城乡对话中发生着深刻变化。那么，我们该如何面对历史与现实对话进程中的乡土？我们的诗人该如何在新时代的精准扶贫、乡村振兴和美丽农村的整体情势下重新发现、抒写和再造乡土诗学的传统、现实新变以及可能性的未来前景？以上这些不只是历史（传统）问题、时代（现实）问题与经验问题，也是修辞问题、技艺问题、语言问题和美学认知问题。

此次二十五位江苏诗人聚焦于常熟的八个镇、六个街道的一百座村庄所展开的“乡土”诗歌抒写就对以上这些问题给出了一些答案，为我们重新感受、认知和理解乡土的历史、当下乃至未来提供了诸多的平台、通道和窗口。

常熟简称虞，因“土壤膏沃，岁无水旱之灾”而得名。众所周知，常熟位于江苏南部，东北濒临长江，自古而今都是

经济发达地区。自改革开放的新时期到现在的新时代，经济话语几乎影响了所有的城市、村庄。值得诗人们注意的是乡土的时间和空间结构都发生了变化，而更为内在化的人的心理和意识以及风土、传统、乡俗、人情、伦理、道德、秩序等也随之发生变化。具体就这二十五位诗人所抒写的常熟一百座村庄诗歌而言，他们之间在感受方式、想象方式和表达方式上也充满了多元化和差异性，而他们最终都指向了新的时代背景下乡村在各个方面的变化。

从文学传统和思想史来说，现代知识分子与乡村、乡土的关系一直都很暧昧，一直处于若即若离的旁观者位置，而非与农民平起平坐的视角，甚至他们的视角更多是文化伦理层面的。高于农民的叙述姿态会有社会学和历史化的便利，但是对于在真正意义上还原和揭示乡村的真实景观、生存现场以及农民命运却仍然有不小的距离。我们需要的是乡村命运的亲历者、见证者和现实参与者，需要的是参与之后的提升、过滤与拓展。值得注意的是，在20世纪90年代以来，乡土诗抒写进程中很多诗人是以“返乡人”和“异乡人”的尴尬身份来审视乡土变迁的，而“乡愁”“感伤”“怀旧”几乎成为一直延续的主题，而诗人也成了踌躇的满面忧戚的抒写者。需要强调的是“异乡人”并不是单纯的乡土情结和乡愁地理学的产物，尽管乡土、乡村发生的变化我们有目共睹并身处其中。正如著名先锋诗歌批评家陈超当年所评价的那样“长期以来，众多乡土诗人铸形宿模，延续了这路‘感伤乡土诗’的语境。众口一声的挽歌合唱，天长日久会渐渐损坏我们的听力。”（《“融汇”的诗学和特殊的“记忆”》）也就是说，“乡土诗学”一度充满了强烈的感伤和批判的伦理化和道德化的精神气息，似乎所有的诗人在面对乡土世界的时候都是忧郁的、叹息的、疼痛的，似乎只有过去时的乡土时间和田园空间是诗意的牧歌式的。这些诗歌在对应了中国城市化和现代化进程中乡土社会裂变的同时，无形中也使得“乡土诗学”被不断窄化了。今天看来，这种写作已经成了二元对立式的观念和思维模式，即过去 / 现在、乡土 / 城市处于紧张的博弈关系之中。

接下来，让我们具体看看这二十五位诗人是如何以不同的方式来感受、展现和想象这一百座村庄的，看看现实中的村庄与历史、想象和修辞化的村庄之间是怎样的复调关系。

值得注意的是这些诗人普遍使用到了“曾”“曾经”“过去”“如今”“历史”“记忆”“故事”“时光”“悠久”“多少年来”“一百多年来”“二百年”“几百年”“千年”等词汇，显然它们对应了两种时间以及空间结构，即乡土（农耕渔牧）时间、前现代性时间与城市时间、现代性时间之间的对话或龃龉关系。加速度的时间进化论使得一切都在改变，乡土时间和空间也改变了，正如伟大诗人叶芝所说的“世界上没有永恒的东西，如果有，那就是变化。”最近几年每次回到冀东老家，我都会迎面感受到新农村的变化，比如交通、路灯、绿化、卫生、文化广场以及便民设施等等。显然，这些还只是外在的乡村变化，而诗人的责任就是要以全景化的视野与微观扫描相结合的方式来展现内在的幽微的乡土新变。在我的冀东老家有一个座钟，甚至时至今日它仍在嘀嗒作响。当钟摆偶尔停止了，父亲就会再次给它上紧发条。在寂静的夜晚，钟的嘀嗒声尤为清晰，它就在你睡眠的耳畔响起，仿佛整个世界在夜晚只剩下了嘀嗒声。无论如何时过境迁，它总是在一瞬间让你与乡村生活和童年记忆登时融合在一起。尤其是夜晚，挂钟的嘀嗒声直接与乡村时间联系在一起，那是乡村生活的直接对应。挂钟这一实体成为乡土时间的象征物，“农家大挂钟广受收藏，正是因为它们稳稳地把时间接收在一件家具的亲切感中，世界上再没有比这更能令人感到安心的事了。时间的计算，如果是用来给我们编派社会性事务，便会令人焦虑；但如果它是把时间转化为实体，继而将其切割，有如可以消费的事物，这时它带来的反而是安全感。所有人都曾感觉过，座钟或大挂钟是如何地促进一个地方给人的亲密感：因为它把一个地方变得像是我们的身体内部。”（让·鲍德里亚《物体系》）

因为此次二十五位诗人的诗歌涉及的是常熟市的一百座村庄，而它们又大体为水乡，所以从场景、空间来说“水”（包括水道、岸、桥等等）成为诗人们抒写的主体意象，它也进而成为主导性的地方诗歌话语的主调。显然，对于常熟的本土诗人而言，水对应了乡村的历史、血脉和根系，水对应了乡土的基因和地方性格，水与大地一样曾经承担了乡土社会的命运共同体般的精神功能。具体而言，水和大地并不单是空间维度的，而是对应了时间、文化和心理体系的，所以“水的伦理”以及“大地伦理”既是生态环境伦理又是民族文化伦理，它们对应了人们深层的原初心理结构、思维方式和精神视界，“大地是扩大了共同体的边界，把土地、水、植物和动物包括其中，或者把这些看作是一个完整的集合：大地。伦理学的研究对象要从人与社会这两个领域扩展到大地。”（奥尔多·利奥波德《沙乡年鉴》）

与此同时，我们看到一部分诗人仍然在写乡村的“炊烟”“大地”“石磨”“锄禾”“劳动”等传统化的场景，实际上诗人在运用和处理这些传统的意象和乡土元素的时候要格外地审慎，要重新审视这些传统的意象和场景背后的心理空间、情感势能以及文化载力所发生的变化，诗人必须要给它们附着上崭新的时代内涵、生命体验和象征意味，而不能只是简简单单地把它们毫无难度地搬运到诗行当中。

我们看到在一些诗人这里，乡村成了新一轮的“桃花源”，他们也自然而然地成了新时代背景下“田园牧歌”和“美丽乡村”的赞颂者，比如金益、何雯琴、浦君芝等，“时常会逃离城市奔向你，/ 不经意间，心仪的风景是与之而来的 / 幸福的方程式”（金益《蒋巷村》），“我觉得身体里的一些幽暗 / 被这里的鸟鸣、花香和流水 / 一次次点亮 / 倾听两个农人的交谈，那种内心的光明”（浦君芝《香桥村》）。对于这些激动人心的时代新变，诗人必须给予毫无保留的赞颂！与此同时，我们都清楚诗歌不是社会新闻报道的替代品，诗人也不是现实的仿写者和浅层次的描摹者。如果对当下的新时代背景下的乡村社会只是采取浮泛的表面化的“赞颂”也未免降低了诗歌的难度，因为完全的赞颂与完全的否定是一个问题的两个方面，二者都是偏颇而不可取的。与此相应，我们也看到了小跳跳等人的诗歌注意到了乡村结构、时代景观的变化以及附着其上的心理嬗变和情感的复杂性，比如“没有房屋可以守住一片土地而不移”，“你是个不会说话的村庄 / 你是明与暗的信使”，“爱在爱的消失里 / 欣赏着大地如何书写分裂”。

值得注意的是许军、翁立平、许文波、范卫萍、陈玉、阿笑等诗人将那些乡村事物、场景、元素置于历史、现实和个人的夹角之下，所以他们所聚焦的乡土传统、乡村空间和时代景观就具有了再次被挖掘和拓殖的诗性空间，进而诗人们借助象征性的话语方式展现出了乡土大框架中“变”与“不变”之间的深度对话。诗人有责任在诗歌创作中道出乡土的真正变化，而这种变化既是外在的又是内在的，既是可见的、物质的、场景的又是更为深隐的精神、传统、文化以及心理层面的。质言之，诗人们应该以融合的、发展的以及开放的姿态来重新审视乡土的历史、现实以及未来，应该以多元化的美学方式来拓展乡土诗歌的空间，与此同时诗人也要尽可能地展现人心、情感、精神、思想以及道德在乡土剧变时刻所发生的激荡和复杂变化。

在历史、时代和自我面前，值得注意和提醒的是诗人始终是“深度凝视”的发现者和省思者，正如吴沁竹所强调的那样“黑夜需要夜行者 / 参与其中，才能 / 从长梦中准时醒来，在铁铸的罐里 / 找到一枚闪亮的开关”。质言之，优秀的诗人必须具备精神的穿透力，具备面向历史和现实的求真意志与个人化的想象能力，具备开放的襟怀和文化视野。由此，诗人不应该沦为浅表化的观光手册式的解说词，而在“旅游诗”“风光诗”“新乡村诗”已经渐趋流行的情势下我们更应该警惕和避免观光客式的即时性的外在写作，而应该回到乡土、时代、人心以及诗歌和语言的内部来有效地言说。

霍俊明，河北丰润人，现任中国作协《诗刊》社副主编，著有《转世的桃花：陈超评传》《雷平阳词典》《笠翁对韵》等诗学专著、译注、诗集、散文集、批评集、随笔集等三十余部，编选《年度中国诗歌精选》《天天诗历》《诗日子》《青春诗会三十年诗选》《中国新诗百年大典》等。曾获国家哲学社会科学优秀成果奖、第十五届北京市哲学社会科学优秀成果奖、第十三届河北省政府文艺振兴奖、第六届中国文艺评论年度优秀长篇论文奖等。

目录

摄影 墨者

村前的溪水
千百年来
一直向着一个方向流淌

——王晓明

八字桥村

[支塘镇]

·小跳跳

没有房屋可以守住一片土地而不移
没有一人可以紧拽美丽的皮囊而不老
因为信仰
眼眸从眼珠里暴走
镜子会感染白内障
飞鸟经过时将真相拉在了屋顶
亲爱的
愿你住进诗里
如同湖水守住谎言
权利是一种飞逝的声响
不要理会树枝被折断时发出喧嚣
去欣赏倒影的美景
那里一切安好

九里村

［琴川街道］

·阿笑

从一个现代化城市的延伸里
重新定义一个村庄
在它的清晨起步，奔跑，飞驰
在它的黄昏歇下来，等
等一种全然不同的夜
在七彩灯火的蔓延中醒过来
夜色脱去旧时的深色衣衫
更换盛装，继续前行
祖祖辈辈的人
还没有今天这样的活法
如用文火细细熬煮一锅新汤
这是九里村的滋味
又不仅仅只属于九里村的人
如果你在雨色中来到这里
想在一片繁华中辨认一个村庄
请耐心，放缓呼吸：
多云，湿润，风时缓时急
草木如往昔一般青翠
这正是你想寻找的答案
明明古老，却让人仍觉少年

大虹桥村

［琴川街道］

·陈虞

在大虹桥
工厂、枫杨树、梅塘
组成了村落
远处的虞山云雾缭绕
空气就像田里的
蔬菜一样清新
阳光掠过早晨的油菜花
闪耀出一片金黄
这一切比梅塘还要古老
刷着标语的墙头
画上了一个句号
千年的枫杨树死了又活
如今正香火旺盛

大湖甸村

［虞山街道］

·曾昊清

仿佛江南在这里掀起了高潮
当湖甸遇见烟雨
骨子里的水再也挤不走一滴
四月龙舟竞发
十月常熟田铺满金黄
这其中水是怎么演练的
时间的魔术师一言不发
我相信一定有一台永动机
藏在虞山的影子里
让湖甸和烟雨不停地
在时光中相遇
生产出一个永恒的江南村庄
一个永恒的村庄从不睡

小义村

［常福街道］

·邹美雅

翻开归家城的历史
各个时代总有一些英雄人物零星地闪现
草坪、别墅、广场上跳舞的人群
人们的记忆还停在过去
先贤的典籍里长出了一朵朵的繁花

那是在一个阳光明媚的早上
在稻子收割之前
望虞河边那整片茂盛的草坪上
一群孩子在奔跑

九制塘在阳光里放歌
摇橹的船工早已不知去向

榉树下，石桌前，一幅春天的画卷已被徐徐铺开

小康村

[东南街道]

·承宁

窗外，乡村湿濡。
白茆塘两岸的秀色由此打开，
同时打开的还有，晨晓枝头，
那几声，
清脆的鸟鸣，以及
孕育在小康人心头许久的熠熠桃花。

村庄在绿化中美丽，
流水在杨柳间幽雅。
夜晚，华灯初放时，
广场之上鼓乐悠扬。
男女老幼和谐共舞，笑靥像花儿一样绽放。

杜工部的千年愿望，
在一幢幢别墅的竣工声中，
逐一实现，情满人间。

这是常熟的小康、江南的天堂。
欣欣向荣的祖国，
让我再次聆听，春天的故事。

卫家塘村

［辛庄镇］

·翁立平

几百年来卫氏家属像一只只蚂蚁
劳作着，积攒着，把微小的土粒垒成城堡
大片的房屋和良田，沿着卫家塘
一路延伸，一代代延伸
一棵枝繁叶茂的大树在天地间舒展，
日月之光在此筑巢
犬吠鸟鸣交织成绿荫
那些居无定所者
那些食不果腹者
那些生活困顿者
来吧，卫氏族人始终在“义”字里等候
卫家塘，你的家

中泾村

［常福街道］

·邹美雅

你说，这便是我们的晚景
大黄狗在开满鲜花的小路上奔跑
它不时地停下了脚步，向后探望
而我们紧紧地跟随
这时，乌云爬满了石阶，如血的夕阳渐渐西沉

当年，人们用一担担的土改变了中泾塘的流向
如今，中泾塘的两岸堤坝上绿树成荫
水田上各色鸟儿驻足，停留
黄昏，成群结队的人穿过了中泾塘，
去往开满鲜花的田野

寺基的庙会，人们会时常忆起

中南村

［碧溪街道］

·江喜

乌鸫的鸣叫，来源于
春江路上一圈树林
我望见周围的别墅
总是无端羡慕。仿佛
这里的公共设施
跑道、长廊和座椅
都在折射向往的生活
当我走过往日
振奋的篮球场
与菜市场的喧嚷
回声依稀，翻越院墙
已经无须言语
东边的白茆塘
早从变幻中翻卷

天字村

［梅李镇］

·陈玉

泽天而居，富庶都被藏进名字里
盐铁塘的支流，流着陈年古韵
在天字村的角角落落
花影横斜，竹翠清幽
九曲桥廊上的旗袍女子
是行走在江南乡村里的风雅

邓市村

［海虞镇］

·浦君芝

在邓市村见到燕妮，让我
想起《共产党宣言》那本书
想起这名字与马克思的女儿同名
经历百年风雨的宣言和名字
孕育成江南天空下的汗滴
一滴滴，被革命者的鲜血染成崭新的土地
如邓市王家巷般的美丽图画
博大的胸怀造就特殊的人
在邓市村，燕妮
只是这些奋斗者中的一员

我看见，蓝天白云下
有生机勃勃的农田
有轰隆隆的机器和载着红木家具的车辆
它们与村里的农民别墅，交相辉映
火热的日子，美好的村庄
坚硬和柔软如此结合
此刻，温煦的时代画面外
一只鸟在村边大树上清脆地叫，那声音
让我们的内心溢出了金色的微笑

双浜村

［辛庄镇］

·翁立平

姚家牡丹除了颜色和香气，还有分量
它绽放的姿势，保持了一百年
每个叶片，每个花瓣
仿佛都蘸足了岁月的浓酱。沉甸甸的花朵
艳丽、硕大，如泳者的头颅
始终高出时间的水面
这具有富贵气的花卉，一住进农家小院
就本分了，和姚家人一起在双浜村安顿下来
质朴的样子近乎当年的女知青
漠然于乡村的风霜雨雪
而它的根，总是不安分地在地下游走
不安分地等待着，一次华丽的转身
斗转星移，一个传说常开不败

龙桥村·徐家坝

［碧溪街道］

·雨亭

清晨，阳光从护栏
斜照过来
健身步道像一架斑斓的梯子
让你恍惚，漫行

向高处，攀爬
小鸟们叽叽喳喳引向
悄悄的话题
再爬过一点就属于隐私部分
我只想摘一些无关紧要的云朵
送给那些远离故土的乡亲
让他们的回忆有尘世的烟火味

当我蓦然从高空俯瞰
李家河水荡漾
似一根碧绿的飘带，缠绕着村庄
田野，一个女人正在弯腰
脚下的庄稼正在发出——
绿色的呼叫

龙墩村

[海虞镇]

·许军

山亭上　镬底圻　南耿泾塘
这些代代流传的地名　就像一个个自然的胎记
被烙在了这方水土上

微微泛着波浪的望虞河　宽阔　平静
花已悄悄开满河岸
低低棹声隐约传来　——散入附近的村庄

一棵高大银杏　土生土长了八百余年
只要望上一眼　一场历史性风雨就自心中飘出
从此便把这里　认作了生命的故乡

东青村

[莫城街道]

·殷芳

东湖木杓湾河道上有一座福寿桥
四周树木繁茂葱绿
历尽沧桑的古桥掩映其间
夕阳西下，清幽凝重
桥下微微波动的河水
似一汪深潭
影影绰绰增添了几分神秘

日出而作日落而息的村民们种植
桑椹、桃子、葡萄、
樱桃、鸡头米、火龙果
过着一种恬静的农耕生活
红红火火的色彩
组合出一幅绚烂的画卷

云气空灵的暮色中
福寿桥横跨过去和现在
更连接美好的未来

东环村

[琴川街道]

·陈虞

那时候，常浒河上的桥
弓着背，一副老态
那时候，东环村一下雨
秧田里就会架起彩虹
老叟童幼用一种乡音说：
那美丽的桥，只有天上才有
神仙才有资格通过

现在，比天上的彩虹桥
还要美丽的大高架
架在了东环村
我们开车，从快速道上通过
越过人间的万家灯火
东环村，仿佛是从银河
摘来的一颗璀璨星星
镶嵌在虞城的腰带上

东始村

［莫城街道］

·殷芳

每年十二月
吉家桥的古银杏树，到了最佳观赏期
金黄的银杏叶挂满枝头，微风掠过
叶片翻飞，婀娜多姿
似人间精灵曼妙无比

弹指一挥间，古银杏已穿越816年的光阴
似一位智者俯瞰人间
寒来暑往
小桥、流水、古树
描摹着江南水乡特有韵味

蓝天下
古银杏见证了勤劳的人们生生不息
漫长的岁月中，已是
游子深藏心底挥之不去的乡愁

斗转星移，不管风雨变幻
这里，是故乡的方向、家的港湾
风起云涌
古银杏依然高耸挺拔，无言静观含笑面对人间万千

东桥村·长河岸

［尚湖镇］

·何雯琴

长河岸——一个快乐的村庄
乐享菜园里
西红柿、菜椒、茄子……都已成熟
村民心里充满了丰收的喜悦

长河岸——一个充满孝义的村庄
小河边　木牌上
一个个孝感故事：
卧冰求鲤　彩衣娱亲　丁兰刻木
村民们每天都在耳濡目染

长河岸——一个有文化的村庄
村民们利用空余时间
拉二胡　唱锡剧　演小品
美好乐音流入一方方心田

长河岸——一个美丽的村庄
一个团结的村庄
一个文化氛围萦绕的村庄

永安村·北砚洞

［董浜镇］

·章琼

北砚洞的河有一段时间越来越浅
木船酣睡
桨声失去好多年

再回到这里
我仅仅是一枚崭新的过客
新的村庄与旧居
一些回忆被捡走又拾起

我们在红色先锋站
用来自此处的方言细说过去与现在
河流清澈
为了拉近关系
我自作多情地把手挥动跟随流淌
跟随每个朝晨日暮
与水要去的远方，越走越远

白莲村

[碧溪街道]

·江喜

田舍环绕的学校，像这座村庄
追溯到了源头。秀甲楼、秀博楼
许多梦想拔地而起，竟不显突兀
花圃遍地，与静卧的蔬菜大棚
迂回的林荫道，想来早已辨明
双喜路上，成排的共享单车
住宅相映成趣，燕子穿梭于
前后对应的时空。正如我们
记住村里的巧媳妇，原来
宜居，先是从善行开始

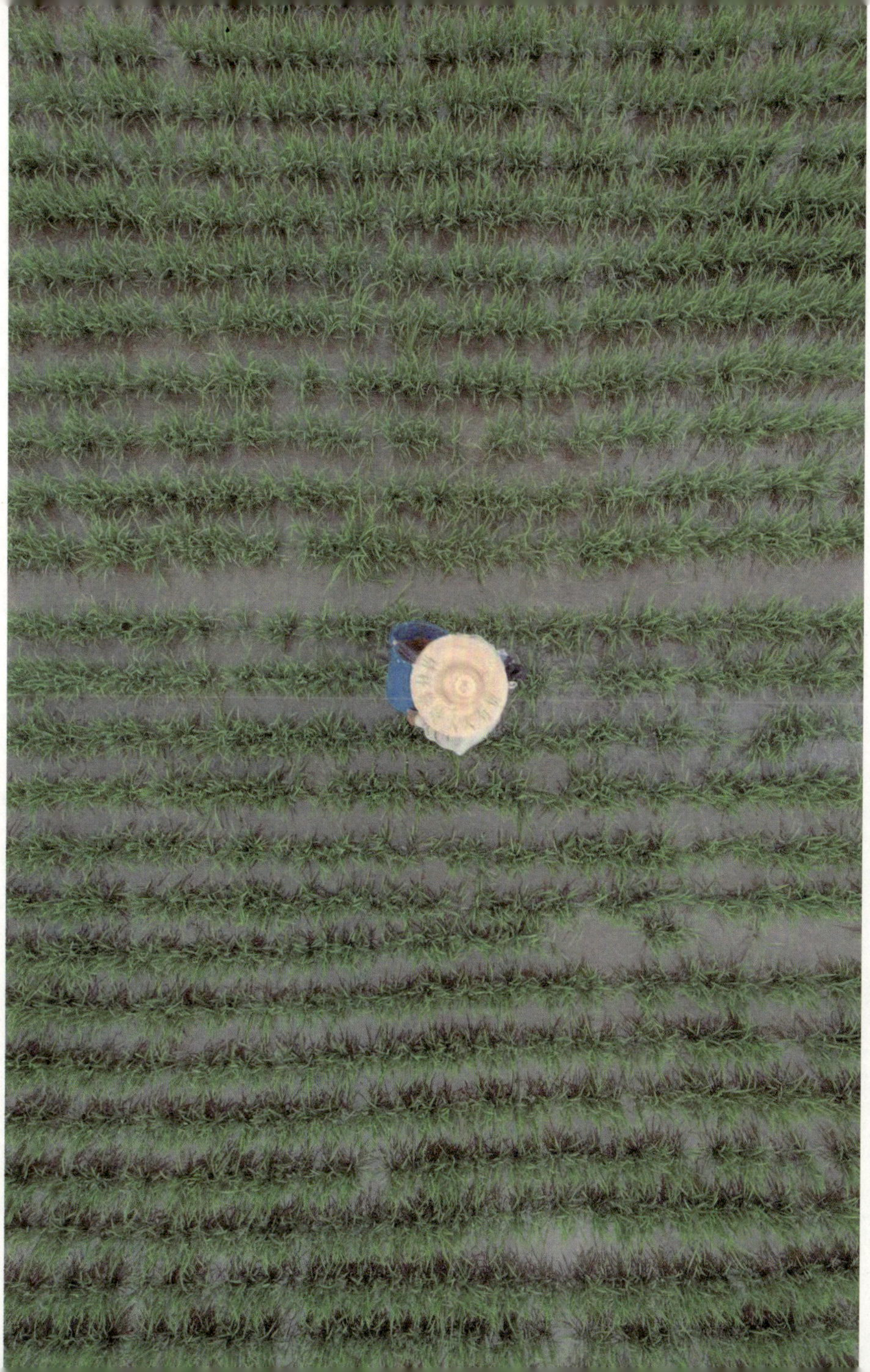

摄影　墨者

遇见的每一位劳动者　都在埋头耕作

每一个外来过客　亦可短暂拥有两千亩稻香

——许　军

李市村

［古里镇］

·素颜

草木长满老屋
阳光在青砖黛瓦间，交换
光影，擦亮一些旧物
让我安静地在河边坐下
吃一个记忆中奶奶做的青团
豆沙很甜，眼泪流出来
孤独是如此完整

这是一个安静的角落
旧时光避过刀枪，与石板街一样越洗越白
昔日雕刻在青石和老人的记忆中
我已靠近这些所有的雨水和空气
夹一缕风，在往事里行走

我听见自己所有的呐喊和呼唤
在这里慢慢还原成天空的蓝
云朵在两座桥，架起的
一个村落，一直流淌

李袁村

［碧溪街道］

·陆雁

泥土是垒起的栖息地
河流是通往村庄的软木梯子
我喊一声南塘
黄摩西就把古街市河　倒进了问村

假使你也和我一样　路过御渡桥
一定要踩一踩桥上的马蹄印
学宋康王，翻身下马
问一句："此村为何村"

三步两条桥的相遇处
一副铜环　两弯铁钩
在薛家大院的光阴里摇晃
没有钨丝点亮的灯
就由火焰去燃起

"行于问道知于学，水在青天月在瓶"
听——
问书房琅琅书声
正编织着另一方图景

李袁村·问村

[碧溪街道]

·王晓明

光阴的角落
像夏天的萤火虫
随处可见
村前的溪水
千百年来
一直向着一个方向流淌
这里的百姓说
水从没断过
它会映照出许多人影
其实
南宋的那个康王
只是策马驰过
而三国时的孝子孟宗
却一直被记着
甚至成为一个村庄的
胎记

师桥村

[梅李镇]

·雨亭

“大皇塘之北，海洋泾之南
距城三十六里 ，街一道。”

彼时，黄昏沿古老的街巷走来
恍惚间已穿越百年
青石板上的足音落满尘埃

几间明清古宅若前朝旧臣
局促于民居之中
唯有屋檐上的瓦松
还记得海东义塾的琅琅书声

海洋泾流水潺潺，通江达海
我站在桥上，喊了一声“先生”
净土庵前的古银杏颤了颤身子
黄金叶子，就扑簌簌地落了下来

沈浜村

［辛庄镇］

·翁立平

这几天我在江南广袤的乡村穿行
沈浜村位于一隅，在清晨的雾气里鸟鸣里
吴侬软语里沉浮。月光下，蛙声洗亮田野
还有一种声音，听不见，但存在。读书声
一百多年来，始终敲击着村庄的记忆。如
一颗琥珀锁住了虫子的鸣唱，
或者，歌声因躲进唱片而沉默
王朝阳在 1913 年说，我要办学，于是
野小子们冲进了课堂。王朝阳是个狠人，硬是
把大大小小的泥腿子从庄稼地里拔了出来。
沈浜的天空突然变得很高
村道上有一些陌生人走来
他们被称作先生、学生
时至今日，沈浜村，依然是一所学校

军墩村

[古里镇]

·王晓明

宋朝的士兵
守土有责
在此垒土为墩
但他们登高瞭望的狼烟
早已化成江南的梦境
古里的书香
在村庄的变迁中
成为风骨
满眼的绿色
与那些怀抱着它的
明亮小河
像美丽乡村的衣裳
笑意写在百姓脸上
每一家楼房
都成一个制高点
村民每天看见的风景
直达大地的心脏

华阳村

［沙家浜镇］

·毛振虞

清晨，明媚
开启巷尾的最后一扇窗子
年轻的村庄慢慢聚拢在水的两岸
似乎是有一场盛大表演已持续了百年
两百多年前，清晨，明媚
华阳桥在水上画出第一个圆
此后。任流水东逝
也冲刷不掉最初的圆满

村庄是否因此得名，我不得而知
这种悠久的浪漫
仍在穿行桥上的人群里延续
身在其中，不为过客
令人羡慕动容

可勒马，可系舟
田野里的波浪此起彼伏，生产华丽配乐
初夏的阳光清澈饱满，静静摇曳
便可在林下的斑驳里坐定，沉浸，聆听
如一尾缓缓浮现，让一切突然完整的鱼

合泰村

[辛庄镇]

·翁立平

袅袅炊烟和吴侬软语从村子里升起
一天的劳作后将迎来另一场精神欢愉
秋天广阔，田野疲惫，三弦的声音在树枝间缠绕
一招一式，一颦一笑，把人们引进幽深的故事里，
良久才得以从另一个朝代探出头来
玉蜻蜓，珍珠塔，三国。真相躲在历史大幕后，半掩琵琶
琴弦上溅落的种子，在人们心里发芽，再茂盛为整个原野
合泰村在评弹悠扬的曲调里荡漾，打着水花儿驶远

红石村

[沙家浜镇]

·许文波

你拖家带口把自己移走
携着基因里农民的善良与真诚
把烟火气种在日子里
勤勤恳恳
开出了康健的花儿

那些故事就留在原处
陪着寂静的水荡
陪着腥湿的泥土
它们没动
它们也在开出朵朵花儿

然后就由着它们流落民间
它们是另一个你
你的面目朦胧
你的面目清晰。也许某一天
你们会在淡淡的月色下互相拥抱

阳桥村

[支塘镇]

· 小跳跳

多希望尽早睡去
如同一条路踩着爱你的曲调而生产
白色一年蓬
盛放成我的眼皮
我的嘴唇是田野，心是黄昏
多希望，想念你时我就站在村头枯老
装满一切边际
直到农夫从挥舞的镰刀上出生
堕落的血液染红音符
在泥粒里
汗水拥有了绵软的梦乡
我，我正热烈亲吻着这个国度
胸口的房屋如此葱郁
波澜

观智村

［董浜镇］

·章琼

我的小学同桌来自这个地方
每当她给我讲起天主堂
关于神的虔诚
与我游览梵蒂冈时同样的向往

一切都是自然而然
格桑花与晚霞的相遇
古桥与船的肌理开始苍老的迹象
再一次重生渲染红瓦白墙
谁说金泾塘的水不能奔赴大海
她儿时的秘密都在江河湖海流淌

比如泥仓漤的风车
等待春风的到来
比如我奔赴的力量，如此热烈
是多年以后依然惦记蓝天下的十字架

此刻，同学家的窗外
还有一辆绿色火车在春天经过

苏家尖村

［古里镇］

·王晓明

原本是多条河流汇集的
尖角飞地
它原本属于农耕时代
一直沉沦在时光里
直到有一天
苏家尖彻底完成了蜕变
杂乱的村庄
变成了花园
身边的河流
都闪耀出金光
就连村口的那个
10 路公交终点站
也成为人们
感受一个村庄的起点

苏锋村

[东南街道]

·承宁

我一直活在你的宽怀中，
蓝天碧水才是你的初衷。
昔日长满荒芜的小道，如今褪尽泥泞，
换上精致的亭台园林式的时代新衣。

流水与栈道低语，繁花与曲径相亲。
谁将拥有这盛大的幸福，
阳光里，静谧的乡村如同你永恒的欢歌。

我信步游走，把自己洒入小桥流水，融入林荫幽静。
在草地上，
仰望天空，长成一株古老的树，守护美丽的乡村。

风自由地飞，默默送走往返的春天。
此刻，隔墙的老王，正兴致勃勃地猫腰侍弄着花草。
白发苍苍的他，要给儿女们设置一个和谐美满，
花团锦簇的初夏。

芦荡村

[沙家浜镇]

·许文波

水鸟依然在静静地滑行
在空中
在水上

智慧的思考也不会停下来
有关人类
有关民族

一片水草
一片芦苇
一个码头
一个勇敢的村落

把翅膀栖息下来
把火花栖息下来
然后让这里成为世人寻找的根据

对，这里是令敌人丧胆的红色根据地

杜桥村·周家弄

［董浜镇］

·章琼

这是从很远的朝代延续的故土
在回忆里穿梭
不断辽远，白云低处
如儿时赤脚踩地不怕滚烫地热忱

这是一个村庄
锄头、铁锹和镰刀还很锋利
从土壤里长出来的草木，蔬果
西瓜慵懒地在吊床上摇晃
它们的甘甜
与堂前屋后的竹篱笆
浑然天成

这是一本装帧的初稿书
内附手绘插画
还夹着一枝不小心折断的蓝雪花

杨塘村·朱家角

［沙家浜镇］

·楚衣

赤心木，松柏之属
是这里的先知，遗传有烈性
红色根底
藏身于一家店、一盏茶
一张报纸一座宅

家谱里泛黄的小字
围坐村口
又一批树倒了
他们是祖父、父亲和叔伯们
餐桌上
落日的余晖浑浊

有人奔走，有人记得
求救的姿势
我希望做个农夫
和一亩地关系暧昧，滚过雷声
水井并重
柿子是多年以前的兄弟
仙塘坝还在赶路

坞坵村

[董浜镇]

·王晓明

良渚时代

就留下了坞坵人的身影
他们种植的水稻
早就领会了上苍的旨意
六千年以来
一路而发
让这里的人们
从农耕走向小康
还记得最早的山歌吗
这是劳动的欢歌生命的咏叹
它们伴随着稻花香
流进白茆塘
流入长江汇到大海
我们只需从山歌的流变中
感受到一个村庄的光芒

肖桥村

[海虞镇]

·浦君芝

访肖桥村鹿庄庵遗址时
银杏叶芽在苍虬的树干上
注视着不速之客。阳光
穿过时间的栅栏
温暖我的内心，让我想起花园般的梨花邨
那些白色纯净的事物，一如
见到村民的朴素，也有俏盈的模样

在江南
在靠近长江的福山塘边
慈爱善良的人们创造着绿色希望
丰硕也是必然的
时代的浪潮让这片土地愈发妩媚

此刻，我陷入遐思
恍惚中，我仿佛看见
元人曹善诚，站在琴川城内的文学书院内
透过时光走廊　默默地遥望着肖桥——
永远的故乡，新时代建设中的
白墙青瓦，青葱家园

汪桥村

［海虞镇］

·许军

不知不觉就会与一座幸福的果园
偶遇

春天经过这里时
会忍不住把脚步
放慢

一列列疾驰的高铁穿村而过
不论一路向西或者一路向东
无一例外　全都是去往远方

何北村

[支塘镇]

·金益

我把镜头擦了擦，田野一片干净
白云游在天空里
他们的走位，谈话内容是安居乐业
像风筝放飞的声音。
我把镜头挪了挪，厂房一一呈现
忙碌的翅膀斑斓多姿
坚毅的目光，代表了她们平安健康
对于身边的一切用来诉说爱。
我定格这小小的村庄，忘我地去感受
我越来越小，像鸽子飞越阳光
拢成了小小的摇篮。

甸桥村

［虞山街道］

·曾昊清

把山前塘竖起来
顺着水的梯子一阶阶踏下去
会遇到一个个温润的江南名字
当你触碰到甸桥
一枚嘉庆二十二年的月亮
正凿开无数个桥洞
它们属于甸桥仿佛又不属于
你的脚一阶阶下去
在夜色中慢慢分不清去的地方
你想成为一个村的名字
或成为一座桥的名字
你想收留奔走的命
也想成为奔走本身
你想有一个故乡在河的尽头
哗啦啦地替你哭

陆市村·七坊桥

［董浜镇］

·楚衣

邑之巷里，有桑槐七处
春深时
我记得你墨海无边，谦逊地后退
往事一动不动

你躲进沉睡的陶
恍如街衢，勾市里远去已久的人却都在这里
你们十指纤巧
为一场雨，编织小村庄

我有种痴情，在水中捞月
圆木桶划向红菱，弯曲的弧线
如一种酒器，迎接后世与子民
天湛蓝
没有了时间也没有边界

五更点灯，三生依旧
某个人把影子留到现在，几百年了
他仍在分配
风、野心、疾病——
才情和刀锋

张家桥村

［辛庄镇］

·吴沁竹

没有什么是你能带离的，譬如
邵家塘的光和影，水波的
粼粼倒映，譬如此刻的滕家塘
荷叶田田，蜉蝣在朝光中追赶
鱼儿喘息未定，只有鸭子的小黄蹼
才能深入腹地。如果
某一个中间事物，决意
将它们分离，像幕布上两只
相触的嘴唇，骤然别去，必然会引起
慌乱的鹿撞。尽管它们
都很年轻，却掌管着
稻子开花的全部秘密，和直冲冲
往前的所有动力，而我正试图
驱赶某种挽留，在归家的途中
我一步，一回头

陈塘村·陈北宅基

［古里镇］

·素颜

河面上的阳光，注满
青蒿、茭白和一些水生植物
掏出所有的明亮，足够温暖我

岸边的树正撑起一方宁静
在三朵粉红的睡莲里
带走我，体内积累的雨水

在长廊，我安静地坐下
等风落，夕阳铺满整个天空
对岸寺庙里的钟声
穿过如冠的树荫
此时，每一片叶子都是禅意

陈塘村·南小泾

［古里镇］

·素颜

在太阳余晖的照射下
南小泾，闪着金色的光泽
当我抵达时，照亮了我
农耕文化园
我漫步在一个光圈里
被这束光吸引

小径、麦田、花香
这些在燃烧着的原乡
在心里想过很多次
我向往的暮年

某一天，当我步履蹒跚
白发在夕阳下闪耀
回想这些岁月折叠过的风景
关于远方，关于辽阔，关于浓淡，
正在一寸一寸老去的时光
依然，内心如雪

枫塘村

［支塘镇］

·小跳跳

乔哈里
你是个不会说话的村庄
你是明与暗的信使，总是忧心而射击准确
你用河流来行走，用树木
散发香气
你的诱饵是一个晚年，证明你曾敏捷、聪慧
如同最后的灯芯
你曾像地下的根一样给了它热的承诺
别埋葬这一刻
法官会给灰色一段判词
安静、丰盛、梦幻
思念那年轻时热恋的少女

昆承村

［东南街道］

·承宁

昆承湖畔，绿树成荫，高楼耸立。
炊烟的日子里，盛产鱼米，
也盛产纯朴的乡情。

记忆，此时已抽身不得了。
在千年时光中，站稳脚跟的还是真理与信仰。
当涉及与你相关的诸多传奇，纷纷落地
已硕果累累。

有时，仍需点燃一支月光感受创业的艰辛。
有时，也可以，提昆承湖水润泽青春。
而福祉应高于楼群，
乡愁低于春风。

呼出时代的星空时，你已忘却旧名。

昆承湖村

［沙家浜镇］

·许文波

傍着湖
就像红颜傍着美丽的珍珠一样
自然的赐予
羡煞旁人的目光

早晨和黄昏
有不同的彩霞小心翼翼地降下来
它们互相枕着，望着，轻轻诉说着
全都相得益彰

男人、女人
老人、小孩和姓氏笔画
悄悄隐匿着千年的传承
只要他们一开口就能说出古老的吴语

河口村

［海虞镇］

·浦君芝

望虞河的水流枕在长江的臂弯中
守望和倾听一片热土的心跳
我在河口村
感受一幅时代绘就的水墨画
画中有隐隐的历史回声
向我絮说
如双燕庄传奇一般
在花庄、唐家巷、严巷等诸村庄
葱茏一片。一种千年梦境
成就一方乡愁的沧桑
当我在江边湿地滩涂，或者螺蛳湾休闲生态园
一种诗意油然而生
岁月和奋斗把这片土地的变化
把人世间最纯粹的愿望
婉约的神韵加冕

河口，河口。我仿佛在唐诗中
看见一个水边的村庄
在大地的信仰里有序修行
此刻，宽阔的江面，一片辉煌

河金村·黄草荡

［尚湖镇］

·范卫萍

据说有古银杏的地方就有寺庙
如果你想探知法云居的前世
就去拜访立在寺壁的石碑
和它交谈之前
你须净手、焚香，并且还需
怀着佛一样的慈悲

过了法云居
你还须往东 100 米
去黄草荡纪念馆了解一下
关于 1927 年开始的那场革命
你不得不感叹前辈们的智慧和勇气
一块大青石背负的重任
不亚于议事亭做出的决定

从原来的秘密联络点
到如今耳目一新的纪念馆
落星港见证了一切
你低头抬头
皆在它的目光之中

泯泾村

［琴川街道］

·阿笑

这是黄梅季节，雨点
正在回家的路上
事实上，水从未停止过流动
草木也从未停止生长
在时间里隐匿过往的事物
正是这个村庄
得以延续的那一半
另一半你可以把它们称作亲人
那是些常驻的老槐
和路过的溪流
说的都是寻常闲话
无非是一些：
门前田、村后河、心中事、身边人
泥腥、草香、烟火气

泗湖村·杨家湾

［碧溪街道］

·陆雁

杨家湾的暮色
越过香樟树顶
与隔岸水杉频频对视
我的守望在建新塘外
被北风遮掩

乡间无一可用
鸟鸣、树影
溪水、流光

草色润滑
从季节根部泛起
路人谈笑声三两
将雾气掸落

乡间还有可怀想之物
故人、田家
场圃、桑麻

宝岩村

［虞山街道］

·曾昊清

看得最多的是名人墓
有些名字是来了几年后
才认得的
有些早听过
像熟悉的人家一直都没走
而我这个异乡人
倒像出了趟远门回来
背着行李，灰头土脸
在明末或清初的这天
我近乡情怯，也不失礼貌地
和你们一个个打招呼
那时候我还有再次出门的想法
我相信在转过身时
山顶的石头
会像星星一样替自己
点一盏不灭的灯

和甸村

[莫城街道]·殷芳

很久以前，这里人稀地贫
据老人们回忆村里光棍汉较多
曾被戏称为和尚甸
随时间推移慢慢演变成和甸村

河水清澈，交错的河流两岸树木林立
自然植被多样有序
以家庭小院四季花香
带动美丽庭院一片片花的海洋

一村一景总是情，一物一点皆乡愁
站在村口
抬头远望，云天万里
油然而生对这片土地的眷恋

愿乡村越来越多的美景
融入每一个角落
风调雨顺慢慢滋养的这方水土
让更多人欣赏她的美
一草一木，一云一溪

周泾村

［碧溪街道］

·雨亭

驻足在一个温暖的下午，摄取久违的宁静
一种深邃的光阴密码
透过一棵垂柳，在石桥上斑驳
流水缓缓，老街悠长，带我返回青葱岁月
遇见自己，遇见一个人的春天

回望，阳光移走后的巷子
空无一人，泡桐树在巷子深处
热烈绽放，一树淡紫色的花朵
像极了肆无忌惮的青春

也曾怀揣梦想，在日记本里
写下了关于青春的诗句，这青涩的文字
足以抚慰我的半生。如果不是在碧溪
不是在周泾口老街，几乎已经忘记

一个年过半百的中年妇人，依然拥有
一颗充满磁性的心，站在石桥上
成为老街的一道风景
多么好啊 ，我的半生已过仍是那少年人

赵市村·何村

［梅李镇］

·陈玉

乡间的民房如水杉一样拔地而起
何村的前身隐没在重工业工厂的墙壁上
水杉随着芒种后酷热的风晃动着
影子慢慢拉长，像被倒放的昨天
白墙黛瓦，农人朴素
看棉花开，秧苗扎根在土地上
如抱着婴儿的母亲
抱起一代人的艰辛与伟大

项桥村

［支塘镇］

·金益

天青色等烟雨一处美丽的风景。

接近和探望，项桥在脚下，如此突兀
一首不堪重负的诗，
曾经的繁华美得这么偏僻。

村落，应该讲古集市
瓦楞草还在那生长，多少契约
灌满了风霜。

赞美和掌声，从小巷深处找出自己
日历上压着灯光
神秘的村落。

来到小公园，坐凉亭，散步一片绿，喂养黄昏
抑或是一场雨下
让雨中的马奔出我的记忆。

洩水村

[虞山街道]

·曾昊清

想到洩水这个名字
就想到哪个多情的江南人
拧开了一个村庄的水阀门
我想象过一种情愫
在三月里发生
一场桃花雨连起了
张家港河的两岸
鲶鱼滩的鲶鱼正在这边上滩
老鹰浜的老鹰正在那边飞
不得不说，在江南
一只老鹰也有服软的时候
没完没了的水早已
影响到它对方向的判断
有时候明明朝着碧蓝晴空
却不想在水中扎了个猛子
一只利爪不停地深入、深入
差点挠开了一个村庄的秘密

浒西村·苏家坝

[碧溪街道]

·陆雁

云雀为荷锄者搭起凉亭
晚归人由紫藤献出浓荫
秋千上，顽童们荡起
马鞭草的梦境
林水共生
一条木栈道串联起村庄
与返乡人

故乡的出口
如一株鸢尾倒映于千步塘
它临风长出鸥鹭的翅膀
垄上，麦浪翻涌
成就了更广阔的江湖

洞港泾村

［辛庄镇］

·吴沁竹

自由的外乡人日落时抵达，洞泾老街
小桥头已开启人间烟火，依次点燃的
七个村落，为粮草所熟知
唯有甸垛里讲不出什么大道理
声音细小，怀抱一轮明月因
耽于幸福，而轻微鼓动，像一只猫
沿着黑暗的边缘
行走，因过分充盈突然
绷直了身体。黑夜需要夜行者
参与其中，才能
从长梦中准时醒来，在铁铸的罐里
找到一枚闪亮的开关，接纳黎明并进入
另一个田园瑰梦

香桥村

[海虞镇]

·浦君芝

有时我们执着它的历史
这些历史里的故事
那些建筑，那些白墙灰瓦与青青草地
于细微处寻觅，朴素的人们由内向外的
坚定的脚步，坚守的生活
2022 年 6 月的一天
在香桥村，我从一个季姓女子的眼里
读到香桥村的成长足迹

后来，我又去往村里的马家桥
再次看到乡村振兴的温暖和为之奋斗者的情怀
我觉得身体里的一些幽暗
被这里的鸟鸣、花香和流水
一次次点亮
倾听两个农人的交谈，那种内心的光明
热爱，自然，充满希望
我感到我的骨节，在马家桥被一遍遍抚摸
仿佛这里的模样
就曾经是我的父辈们
一代代梦想拥有的诗意家园

胜法村

［梅李镇］

·羊妮

彩色的跑道为夜色领航
格桑花在路旁悄然盛开，叶片上
露珠藏起秘密

向日葵林里，萤火虫捡拾
掉落的星光

路灯下，墙上的彩绘逐渐鲜活
与人影相融

转角，荷花独自绽放
花香扑鼻

摄影 墨者

慈爱善良的人们创造着绿色希望
丰硕也是必然的
时代的浪潮让这片土地愈发妩媚

——浦君芝

留下村·搁墩湾

［碧溪街道］

·陆雁

春色正好，在桃花湾
我能成为两袖清风之人
晨起扫榻，晚来煮酒
在每一朵桃花上写下无用之诗

常于树下醉卧
向一群扛食的蚂蚁致敬
与几横疏影为伍

忘记两汉魏晋南北朝
把自己乔装成
一个闯入桃花源的
打鱼人

唐东村

［沙家浜镇］

·毛振虞

从遥远的地方开始
水竹芋一路高举喇叭
播放村庄的热情

春，来看阡陌的田地间薄雾的柔
夏，来看慢摇的荷叶上蜻蜓的静
秋，来看弯腰的汗水里明月的艳
冬，来看雪白的棉被下泥土的羞
这个被村庄缓慢酝酿的四季
迎面的微风略带醉意

从任何一个方向靠近
都将是不完美的
唯有阳光，能够感受花朵微妙的震颤
沿岸的水栈，河水抛下的锚
没有河流紧握，两岸不能厮守
这是座河流的建筑，树的空中城堡
只有抵达与离开
方得世外

海城村·河口

［梅李镇］

·陈玉

半面桥遮着面
仿佛许久未近人事
而长江水兀自涌动
丝毫不为人间事担忧
河口沙地上的马鞭草正清闲地开着
它也不用说话
百姓自是安顿好了自己
这才开了花

朗城村

[沙家浜镇]

·毛振虞

据说，最适合选在秋夜到达
以便以朗城秋月，照朗城夜读
那时，朗城潭静静伏在脚边
被成群鸭子追赶了一昼纷纷躲进
水底的繁星
又会悄然浮上水面

不知在此夜读的少年郎，可曾见过
潭里的繁星扑闪翅膀飞出水面
临水而居的人家
可曾遗舟于夜空。水天之间
伏身的巨蟹座
正静待西风吹响号角，举行
盛大的繁衍

多少年来，法华寺
还是那座法华寺，而少年
归来已是文靖公

家鑫村·周巷

［尚湖镇］

·何雯琴

从金黄的油菜花开始
沿着一条蜿蜒的河流
来到大风车下
看对面的奔牛和不远处的擎天柱
各显神通

走进村里
面带微笑的村民们脚步轻快

村庄里散发着糕团的清香
闻香前行，去品尝
“千村美居喜洋洋　幸福生活步步高”

在周巷
我又看到令人感动的一幕：
村民们同心协力，其乐融融
他们说：
爱国家
护小家
和美周巷靠大家

家鑫村·张家湾

［尚湖镇］

·何雯琴

在张家湾
童年的打麦场
晴天，扬尘飞土
雨天，泥泞不堪

有一群人，满怀乡情，反哺桑梓
建游园，整河道，铺路面，种绿化
把昔日坑坑洼洼的打麦场
做成了一个个小游园

如今的张家湾
草坪绿草如茵
孩子们可以在上面尽情玩耍
如今的长廊浓荫蔽日
老人们可以休闲，喝茶
如今的花圃五彩缤纷
姑娘们可以拍照留影

如今的张家湾，一步一景
溢满了春天的色调

翁家庄村·张家后头

［尚湖镇］

·何雯琴

一方水土养一方人
梅花溪水滋润过的笔尖
是否更加润泽饱满

溪水潺潺，清澈见底
春有修竹丛丛，冬有梅香飘溢
钱泳在此著有《履园丛话》
和《梅花溪诗抄》
而翁叔元在这里著有《铁庵文稿》
和《梵园诗集》

文脉所传，源远流长
休闲广场上
常有剧团演出：
从《珍珠塔》到《庵堂认母》
从《梁祝》到《霸王别姬》
看得老大爷瞪圆了眼
看得老大妈泪流满面

黄石村·放鸟巷

［董浜镇］

·章琼

我问，鸬鹚在这个村庄延续了多少年
河流粗壮
绿色晕染村头巷尾的轮廓

六月的梅雨酿出青梅酒
秧苗也青绿
撑一叶小舟从古而来
鱼，嬉戏莲间

晨起暮落
鞋底的泥泞沾着肥沃的土而归
风中晃着明亮的光
柴垛，麦田
还有凡·高的画作

放鸟巷的夜空染白了窗棂
允我，陪月亮坐一会
散开麻花辫
再与奶奶线缝的菊花枕同眠

梦兰村

［琴川街道］

·阿笑

在梦兰，列队的草木
皆怀揣一颗敬畏虔诚之心
通往已知的大道上
你所看到的方向其实是
已经掐头去尾的历史
隐去的时间里
暗藏着热血、汗水和大时代
以此来兑现每个村庄
属于自己的密码
那是一代又一代人
富集在血脉里的文字
这一方沉默的土地
安静是它最朴素的力量
它有天空，用于向往
星汉如昨，化雨化露，为霜为雪
它有沃土，用于勾画
以针线和机杼为引，织绣梦想
昔日里，它曾在稻禾与小麦之下蓄积力量
一旦它站立起来
就是一道拙朴而雄健的身形

梅南村

［梅李镇］

·羊妮

1

戏弄的银杏依然葱绿
老旧的小楼，满墙的爬山虎
忘却了记忆

毛家巷深处的敬老院，半开的门
是否记得那个曾与祖父一起来过的少女

斑驳的墙壁，树荫下的棋盘
打开回忆

2

素纱浅绿，早起的月河桥
看人们提水，买菜
看时光匆匆留下点点痕迹

竹影婆娑，拂过浅眠的月河塘
野花临水自照

盛泾村

[支塘镇]

·金益

白茆塘的风
来来回回的方言

石桥比诗词略轻，青砖黛瓦
如圆月重新出生

你一定看见泾水中，一匹马
驮着清澈的嗓音穿越春天

沙沙的芦苇与
白鹭歇处，抵达语言的美妙

这个路过的村庄
在梦里我还会再去一次

常昆村

［沙家浜镇］

·毛振虞

一支橹声
在向晚的水面撒开
捕起一网斜阳西去时
散落的碎银
枕河而居的水乡
是富有的

跃出的粼光惊起几只水鸟
不知飞自哪片芦丛
有人在云端放了把火
照着一苇渡江的黄昏
向东而去
长在两岸白墙黑瓦的老房子
迅速退入临河而开的门内

门内，是炊烟的根
门外，一位老人
在采摘大地的原味
一些花朵在光阴的交界处
尽情嬉戏

常隆村

［常福街道］

·邹美雅

城市的灯光愈来愈近
水田的蛙声却依然轰鸣
关于母亲的记忆在慢慢地走远
两个扁担做嫁妆的故事
已被封存了很久

北市梢青石板上
还映着先人的笑脸
老石桥下的花边社里
戴眼镜的老张是否还在人间

柿子，毛豆早被晒成了干
竹匾里还残留的几颗菜籽
雷声过后，田里的杂草愈来愈多
除草的人不知躲在哪里

曾经的风波早已过去
关于承诺，老一辈人早已给出了答案
一代代的人在泥土里找寻着自己
关于夏天，只留下了一根根熟悉的爬山虎
看不见开始，也没有结束

渠中村

[琴川街道]

·陈虞

大片麦子铺就黄金
鸟雀在村口的枇杷树上偷吃
五月已经去了大半
雨水，会止于某一刻清凉的脾气
剩下的不多时光
道路两旁的树木将回馈绿荫

路过南三环，暮色已被渠中村点亮
想起那条消失的藕渠
荷叶田田，菡萏摇曳着月色

此刻，我仿佛听到远处传来桨橹声声
很快又消失在我伸手推门的这片夜空下

康博村

［古里镇］

·素颜

这里的春天来得更早一些
栽下的树苗已经长成大树
成片的绿荫在庇护这块土地

石头垒起一道城墙
还带来一段河流
一座海拔并不算高的山
却高过了许多人的现代化生活

八台传统的缝纫机
把前程缝制得更加锦绣，也给一条条
通往荒漠或雪山路途上的旅人
带去无限的温暖

在康博苑漫步——
亭台水榭，小桥流水
白鹤在其间自由飞翔
突然之间，它成为我的一座秘密花园

窑镇村

[支塘镇]

·小跳跳

田埂上
蓝色在发表赞美词
气息颤颤巍巍地缀上矢车菊、马鞭草
智慧之海在翻滚、建造
它完成了清晨、过去、现在
它解释了村庄
宁静、和平
我在平庸中站起来触摸
成为草沉默的一部分，或残缺的印章
忽略我曾在意的东西而完成一生
一条期盼的维度完成了碑文
我被雨滴敲醒
爱在爱的消失里
欣赏着大地如何书写分裂

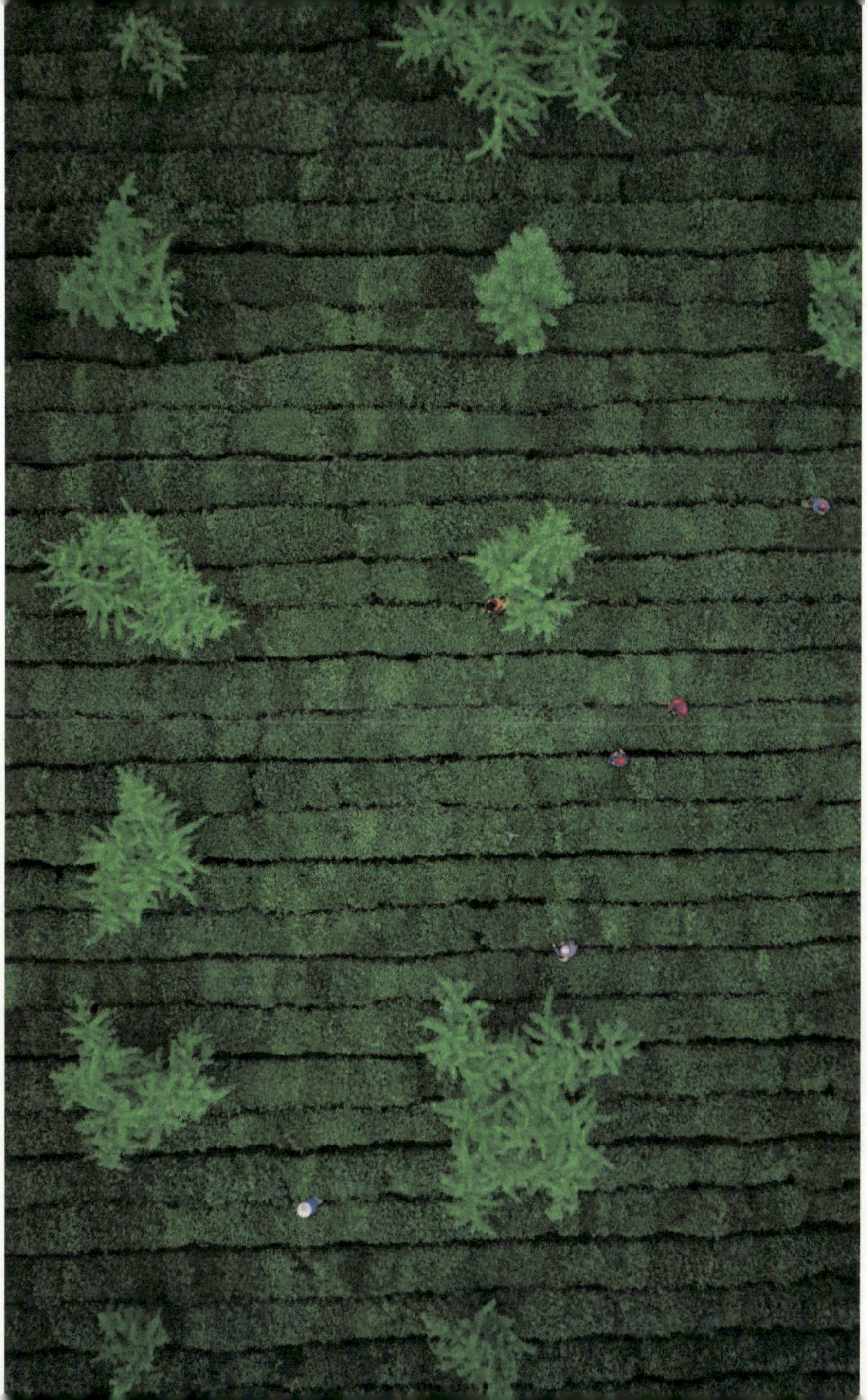

摄影 墨者

枝繁叶茂的大树在天地间舒展
日月之光在此筑巢
犬吠鸟鸣交织成绿荫

——翁立平

铜官山村

[海虞镇]

· 许军

有了山
就有了一处可以抵达的高度　和风景
上山或下山的路
偶有曲折　才显得更为现实

传说中的十八家铁铺　坐落岁月深处
隐隐传出铿锵之声
向晚时分　在荒废的城垣上抬头看天
可见一轮落日　正圆

一年一度　热爱生活的向日葵
又要团结一致　默默忙着结籽
恰有一阵阵丝绸一样的风
自南方而来　广泛地深入民间和田畴

落巷村

［支塘镇］

·金益

从泥土中寻找出
你走过的脚步。大地，
是你给出的座右铭，艰难的岁月里，
脊背托起了星空。和月光一样的灵魂。

时代的列车沿着琴弦的轨迹疾驰，
昂起坚毅的头前进。
人们的笑脸，徐徐图之
以最隆重的仪式，传承耕读文明。

时常会逃离城市奔向你，
不经意间，心仪的风景是与之而来的
幸福的方程式，接壤湿地
书院的门牌，像鸟鸣一样慷慨。

我接近了你，松开所有的风，
我看见一道光，像永恒的黎明，
可以扎根，可以厮守，
听最嘹亮的声音，大地的音符。

新造村

［琴川街道］

·阿笑

阡陌交汇，鸡犬相闻，日未落
而有炊烟升。这是一个村庄
曾经得天独厚的福分
这其中包括有庄稼，有河
有屋舍，有朝出作暮归栖的人
还要有路
有路，就有更多
更好的选择
与确切的去处
多少年积淀起来的热想
有朝一日冲开阻塞
成为现实
新拓宽的马路上，一阵阵
发动机的轰鸣，舍弃了鸡鸣犬吠
带来络绎不绝的声响
向四面八方的远处，延伸

新红村

［常福街道］

·邹美雅

曹百万只停留在了坊间
在人们口中改写的，除了他的故事
还有墙角下的流水。天空中的灰尘
燕子从这家又搬回了那家

宋末明初的老井还在
望虞河的水穿起了老人们一串串的回忆
土地已成了他们的信仰
直至最后，也未曾改变

湖东村

［东南街道］

·承宁

琴湖之东，数里。
东南食品城，喜来乐家居近在咫尺。

穿行湖东，低洼处芦苇丛，逐渐被游园，新驳岸所替代。
黄昏从乡间升起，诉说着古往今来。
白墙青瓦，鸟鸣树影。
新建别墅，错落有致。
新时代的善人故事在乡间广为传颂。

晚风将一些事物轻悬，青石路，是人间最好的磨石。
站在木栅前，保持一棵老樟树古朴的心。

凭斑驳的树影倾诉历史与沧桑，
不计较一花一木的凋零。
近处，河水清冽。

湖圩村

[琴川街道]
·陈虞

村庄和村庄之间
是大片油菜花
路的尽头麦苗漾出葱翠的涟漪
而那一面叫湖圩的镜子
盛满了村庄所有春色

临水照影
我感受着一面湖的安详
暮色中最先暗下来的云
鸟群身披薄光，和一个匆匆路过的过客

在湖圩村，鸟群并没有
在天空留下道路
一只苍鹭在它自己的世界里独自翱翔
我，穿越在这山水之间
什么也不想带走

港南村

［碧溪街道］

·江喜

天银机电的厂房，蓝得
透过树叶的缝隙
而林荫道上，影子已沉醉

从殷家弄走来，一阵评弹
唯有水声应答。而镜头
深爱着隔壁人家的蔷薇

农民公园证实了
无论哪个年代
身体若是疲劳，都需要
缓慢的花木治愈

徐家角巧用
坉的凝望，浮想联翩
宅前屋后，却刻画出前世今生

新巷村·包家村

［尚湖镇］

·范卫萍

我来的时候
当年李家的姑娘
已成了体态丰腴的贵妇
成家，生子，办企业
她已顺利完成了
蛹到蝶的蜕变
村西头的老姚为我们
讲述旧事和祖先过往的历史
还一路指着几处
如今已是绿树成荫繁花满地的游园
说这里从前都是浜梢
但就是没能说明白
为何包家村的村民都不姓包
唯一的解释就是
这是个被水包围的村庄
和老人谢别时
他的眼里仍是
对往事的追忆和
如今的满足

新巷村·袁巷浜

［尚湖镇］

·范卫萍

我相信
袁巷浜里的每一滴水
都承恩于上苍
这里的村民秉承
同一种方言
一如东、西袁巷的娃
同饮这浜里的水长大
河水负责喂养
心事寄付流云
其他的则交给
在灶间忙碌的妈妈
竹林里传出鸟的欢鸣
流水低吟
长条石凳上落满
嬉笑和爱情
低秧地
芦苇丛
已是多年前的事

新鑫村·水渠里

［尚湖镇］

·范卫萍

必须要有水
还要有纤纤细腰
好女红的姑娘
水阶上捶打衣裳
家长里短的媳妇
农田里赤膊挥汗仍不忘
笑探别家情事的汉子
还有一重深过一重的院落
一阶高过一阶的石阶
廊柱、磨盘
石井圈、黛瓦
青石板、翠竹林
小桥、嘎嘎叫的老鸭
守着黄昏的黄狗
还有流水一样的心事
当你走进一个
叫“水渠里”的村落
你就会陷入
须姓族群的包围
水的包围

智林村·荷花浜

［董浜镇］

·楚衣

说起一亩荷塘，说那农人
锄禾而归
说乡愁，说灯谜
智林寺里，老银杏就长高了一尺

青砖是天上的事物
流水曾教化
托起的莲，有一小片宁静
六月，她们都是女子

钟家巷，并没有巷
经过一座长桥
只此青绿
粉嫩里一句又一句谣曲

但夜深或多雨的时候
淤泥会增长
黑与白，藏着各自的目的
容易变成一面镜子

塘桥村

［梅李镇］

·羊妮

与马路的喧闹不同，乌娄桥在夕阳下显出几分静谧
水泾曲折和水台相邻
罗墩桥被隐藏

散养的鸭和白鹭探索河边
水影中蓝天、黑瓦、白墙
临水而开的野花

蒋泾河的水，曾托起一条乌篷船
带着光明，行入大周家
待黑夜过去

迷宫一样的水道，把温暖传递
在水田中筑起红色城墙

田埂，夕阳
褪色成一张黑白照片

虫鸣和蚕豆花开在鲁迅的文章里

溪南村

［碧溪街道］

·江喜

长寿岛应运而生，怀揣着
多少乡民憧憬的念头
秀美溪南，大写的延年堤
连两旁对联也动用了
流金的元素。我瞥见
一对祖孙，兴冲冲
走在前面。足迹遍布四周
俨然水车、石磨和索桥
印证了天伦之乐。百年香樟
枝干上爆出新叶，池塘虽小
红色的鱼儿顾盼生姿
我知道这里的一草一木
皆来自捐赠，而世世代代
传承下去，必是那文明的香火

聂沙村·宫前桥

[梅李镇]

·陈玉

盐铁塘的商贾从古至今
宫前桥颤巍巍地倒映在河面上
老人在桥下看着河面
鱼从打了褶皱的水波纹里跃出
老人脸上的皱纹也被打开
他一转身上岸
凌霄花如火如荼地撞入眼帘
要修缮一座桥，一个他曾年轻时的故事

聂福村

［海虞镇］

·许 军

五月
大地上盛满了金色的麦浪和布谷鸟的啼鸣

无数次潮起潮落　终于在几度变迁的长江口
刻画出一条意味深长的海岸线
被时光打磨了五千年的沙岗身　由此积淀成
一处遗迹

沿着几个朝代顺流而下的盐铁塘　早就成为
黄金水道
当年开凿的人已不知去向
唯有河水　仍然一如既往地向着吴淞口流淌

遇见的每一位劳动者　都在埋头耕作
每一个外来过客　亦可短暂拥有两千亩稻香

嘉菱村

［辛庄镇］

·吴沁竹

老石磨体勤，天生好脾性
大肚能容五谷
心路曲折细水长流不分昼夜歌声嘹亮
在陆家油车河浜的淤泥底，蓦然
回首已成百年身，当它被抬举
重见光明时，依旧实心眼
一方水土养育了嘉菱村人
一方老石磨唱响它的前世今生——
日出而作，日落不休
老石磨的眼里曾喂养过多少生灵啊
听一听伏在磨盘上的老时光
像手刻老唱片，一刻也不停地转动
“白面馒头开口笑
高粱米饭香喷喷
抹鼻涕的娃娃已长大成人……”
老石磨的苦日子终于挨到头，它
卸下重担，抖落尘土，翻身
做了自己的主人，坐南朝北
身后全是蓝天
而岁月妥帖，人间安稳

寨角村

[梅李镇]

·羊妮

1

水高于田，漫过麦茬
鹭鸟等待潭中飞起的鱼

传说潭底有龙

2

鬼针草爬满坡的时候，藕塘里
莲叶扶着花苞

在清晨，花瓣盛满金珠

3

农用机在田里走三遍
测量长短，薄厚

在田头打下印迹

4

一双洗净了泥巴的手
挽起袖，用遥控飞行器。眺望或甄别

虚弱时饮下大把汤药

旗杆村·姚泾浜

［董浜镇］

·楚衣

选举，申诉，庭前和解
为这文明之父
搭建好一座长廊，汉子们起身
雨开口说话
怀抱危险的孕妇
使人安静
一阵风从远古吹到了这里

庭院隔壁，仍是庭院
小径越走越宽
桂树无言语，老姚已退休多年
喜欢慢
慢得像一粒种子
落进泥土，毫无过去

我辗转于乡邻
走不远的路，看一位祖先
从前
我有一间茅草房
长辈们从这里离开

横泾村

［沙家浜镇］

·许文波

它一直在缓缓行走
拄着那条依然年轻的小河

疲乏和欣喜交替
像四季滚动着的木质桨叶

稻香。蛙声。从时光的驿站里传来
熟悉的土地上依然长出素朴的乡亲

夜的星光下响起歌谣
是谁摇摇晃晃正谱着纸上的江南

潭荡村

［辛庄镇］

·吴沁竹

勤于耕种的人
从来不屑于细说辛劳
像吹过潭荡湖的风，悄然来去
从不停止，沾着一身雾气
它吹向哪儿，哪儿就落地生根
举杯，相互拥抱，形态丰美
生活需要仪式感
饮潭荡湖水长大的美丽新娘
宜室宜家，礼从来不废
一朵朵粉色的梦，从辛风礼堂
适度铺张的舞台上，飘下来
落在老农们爽朗的笑声里
落在小小子短腿的竹马边
落在新郎官挽着新娘的臂弯上

燕巷村

［莫城街道］

·殷芳

初夏之际
筑巢引燕，美庭丽巷
这是江南水乡的燕巷

错落有致的乡村别墅
家家户户利用房前屋后的空地
种植花草绿植
一步一景
推窗见绿、抬头赏景、移步闻香
人于花间走，花在指间开

三五好友相聚畅谈
两个孩童在咿呀学语、蹒跚学步
云淡风轻的日子里
鸟鸣啁啾
沏上一杯清茶，闲看天外云卷云舒

瞿巷村

［梅李镇］

·雨亭

我的祖父母生于斯，长眠于斯
我在这里度过一截截童年时光

记忆里的老宅，青砖黛瓦
幽深的弄堂里传来织布机的梭声
小脚的祖母，在沙土里
种出白云和青布蓝衫的温暖

在长江边，拔茅针
芦苇荡里捉螃蟹，捉迷藏
堂哥在落日里一遍遍唤我的乳名，恍惚间
时间的白发在我头上开成芦花的柔软

那片网红葵花田，引得游人驻足流连
站在花海里，每一朵向日葵
无不对着我，对着那个叫瞿巷的村庄

一江水，流经这片土地
滋养我的骨血和我朴素的村庄
汽笛声声里，一艘艘巨轮起航，崭新地出发

图书在版编目（CIP）数据

诗意围绕着 100 座村庄 / 常熟市作家协会选编. --
武汉 : 长江文艺出版社，2024.8
ISBN 978-7-5702-3479-0

Ⅰ. ①诗… Ⅱ. ①常… Ⅲ. ①诗集－中国－当代
Ⅳ. ①I227

中国国家版本馆 CIP 数据核字（2024）第 005997 号

诗意围绕着 100 座村庄
SHIYI WEIRAO ZHE 100 ZUO CUNZHUANG

责任编辑：胡　璇　　　　责任校对：毛季慧
装帧设计：山上工作室　　　　责任印制：邱　莉　　王光兴

出版：长江出版传媒 | 长江文艺出版社
地址：武汉市雄楚大街 268 号　　　　邮编：430070
发行：长江文艺出版社
http://www.cjlap.com
印刷：武汉新鸿业印务有限公司

开本：787 毫米×1092 毫米　　1/24　　印张：5.25
版次：2024 年 8 月第 1 版　　　　2024 年 8 月第 1 次印刷
行数：2592 行

定价：48.00 元